María Wagner Civera

Tren a media tarde

Ernst Klett Verlag
Stuttgart · Leipzig

1. Auflage

Alle Drucke dieser Auflage sind unverändert und können im Unterricht nebeneinander verwendet werden. Die letzte Zahl bezeichnet das Jahr des Druckes.

Autorin: María Wagner Civera

Redaktion: Elena Freire Gómez

Satz: Fotosatz Kaufmann
Illustrationen: jani lunablau, Barcelona
Druck: Digitaldruck Tebben GmbH, Biessenhofen

Printed in Germany.
ISBN 978-3-12-535922-2

9 783125 359222

Índice

1 Paloma

El cielo azul de una tarde de mayo cubría la estación de Alcalá de Henares. Las mujeres, ya con ropa de primavera, y los hombres con la chaqueta en la mano caminaban de un lado a otro. De pie, junto al andén número dos, Paloma esperaba a su tren.

—¡Muchacha! ¿Sabes si este tren suele llegar puntual?— le preguntó un señor mayor con acento andaluz.

—Sí, señor, siempre a las cinco y cuarto, dos minutos arriba o abajo… pero hoy no sé qué pasa.

—A mí es que no me gusta perder el tiempo.

—El tiempo no se puede perder— dijo Paloma.

—Que no se puede perder… ¡Qué tontería! Los jóvenes de hoy decís cosas muy raras.

—El tiempo pasa, señor… queramos o no queramos y lo podemos utilizar mejor o peor, pero no lo podemos ni perder ni ganar— le explicaba Paloma convencida.

El señor encontró un sitio en un banco y se alejó de la joven. Paloma empezó a pensar en su vida: La vida le recordaba a un tren. Con un punto de salida, otro de llegada y algunas estaciones en medio. Sin duda, unas más bellas que otras. Quizás fuera el sol que le calentaba la espalda lo que le hizo pensar en los veranos en el pueblo. Había tenido una infancia feliz. Como hija única de una familia gallega con dinero, lo único que le había faltado era un hermano. Todos los agostos iba al pueblo. Allí tenía algunas buenas amigas y disfrutaba del campo. Con su abuela aprendió el nombre de los diferentes árboles y plantas. Y su abuelo le enseñó el de los pájaros e insectos que por allí volaban. Después, siempre en septiembre, la vida normal en Santiago volvía a empezar.

---

2 **cubrir** bedecken – 4 **una chaqueta** eine Jacke – 5 **un andén** ein Bahnsteig – 18 **alejarse** sich entfernen – 22 **quizás** vielleicht – 23 **una infancia** eine Kindheit – 24 **un hijo único, una hija única** ein Einzelkind

Paloma iba a un estricto colegio católico solo para chicas. En clase se sentía aceptada, sin embargo nunca tuvo la libertad cultural y espiritual que ella deseaba. Terminó el colegio con buenas notas, y por eso su familia pensaba que Paloma estudiaría en la Universidad de Santiago de Compostela. Pero entonces llegó la sorpresa: Paloma decidió irse de casa. Fue uno de los momentos más duros de su vida. Vio la decepción de sus padres y, por primera vez, en su vida no sintió su apoyo. Su abuela le dio algo de dinero y Paloma se fue a vivir a Madrid, a casa de una tía.

Y así, de pie junto al andén, Paloma seguía esperando el tren y seguía pensando en su vida.
—¡Mira… que ya llega!— la interrumpió el señor andaluz.
—¡Pues sí, menos mal! No quiero llegar tarde al trabajo— explicó Paloma mientras cogía su bolsa del suelo.
—¡Tienes buenos brazos, muchacha! Pero no pareces campesina.
—No, soy actriz… bueno, lo seré dentro de poco. Estoy aprendiendo en una escuela de teatro. También aprendemos danza.
—¿Actriz? Y por qué no aprendes algo serio…

En el tren sus caminos se separaron. El señor se sentó cerca de la puerta y Paloma caminó hacia el final del vagón. Encontró un sitio al lado de la ventana. A ella le encantaba mirar por la ventana.
Después de unos minutos de viaje se abrió la puerta del vagón y entró el revisor, un señor gordito con un gracioso bigote.
—¡Buenas tardes!— dijo el revisor.
—¡Hola, aquí tiene!— le contestó Paloma mientras sacaba el billete del bolsillo.

---

1 **estricto, -a** streng – 7 **una decepción** eine Enttäuschung – 9 **un apoyo** eine Unterstützung – 20 **la danza** der Tanz – 28 **un bigote** ein Schnurrbart

—Cada día lo mismo… por lo menos hoy no he pillado a nadie sin billete. Odio discutir con la gente y me dan mucha pena esos pobres. ¡Es que no tienen dinero ni para comer! Por cierto… ¿qué tal tus clases de teatro?

—Bien, aprendo rápido.

—¿Y en el café?

—Pues me da justo para vivir, así que no me puedo quejar— contestó Paloma.

—En cierto modo se parece a mi trabajo, siempre con gente nueva y con algún que otro cliente habitual.

—Sí. Eso es lo especial de nuestros trabajos… ese contacto con la gente…

—¡Hasta mañana, Paloma!

—¡Que pase un buen día, don José!

—¡Próxima parada… Coslada-San Fernando!— gritó el revisor.

El tren no estaba muy lleno. Paloma observaba algunas caras desconocidas y unas pocas ya conocidas. La estación Coslada-San Fernando estaba siempre animada. Desde allí circulaban los trenes de larga distancia y regionales de Madrid hacia el noreste de España.

Entre los pasajeros que subieron al vagón ese día, a Paloma le llamó la atención una cara: Era un chico de su edad, como mucho tendría 20 años. La miró, le sonrió y se sentó en el asiento de enfrente. A partir de ese momento Paloma entendió y sintió lo que era el amor a primera vista.

---

7 **dar justo para vivir** gerade so zum Leben reichen – 9 **en cierto modo** in gewisser Weise – 10 **un cliente habitual** ein Stammkunde – 19 **circular** fahren – 24 **sonreír** lächeln

Poco después llegó a la cafetería, y más distraída que nunca, se puso a servir. ¡Un cortado! ¡Dos con leche! ¡Dos solos!...— le gritaba su compañero. El trabajo no le faltó esa tarde, pero ella estaba de buen humor. Al fin y al cabo estaba enamorada. No paraba de pensar en aquel chico —¡Ojalá vuelva a subir al tren!— se decía a sí misma.
Y para alegría de Paloma así ocurrió. Al día siguiente, y al otro, y al otro... El chico volvió a subir a la misma hora al mismo tren. Unas veces viajaban en el mismo vagón, otras no, pero Paloma siempre lo veía desde la ventana. Él esperaba en la Estación de Coslada-San Fernando, y esto le alegraba el día y la vida.
Incluso don José, el revisor, notó algo en la chica y un día de principios de junio le preguntó:
—Pero qué guapa estás últimamente Paloma. ¿Te has echado novio?
—No, no, que va... contestó Paloma sonrojada.

Día tras día veía Paloma a aquel chico moreno de ojos verdes. Lo observaba y pensaba constantemente en él, pero nunca le había hablado. Había imaginado tanto sobre él, que le tenía miedo a la realidad, a una posible decepción. Quizás su voz fuera fea, o su carácter no le gustara. Pero la probabilidad era pequeña, ya que el chico parecía de buena familia. Sus pantalones y sus camisas estaban siempre planchados a la perfección y su cartera parecía de piel cara.

---

1 **distraído,-a** geistesabwesend – 2 **un cortado** ein Kaffee mit wenig Milch – 4 **al fin y al cabo** letzten Endes – 15 **echarse novio** sich einen Freund zulegen – 17 **sonrojarse** rot werden – 25 **la piel** *hier*: das Leder

COLSADA

Fue en una tarde, mojada por una fuerte lluvia de verano, cuando hablaron por primera vez.

—Perdona ¿tienes un pañuelo?— le preguntó el joven a Paloma.

—Sí, toma. Sécate un poco, estás empapado— le contestó ella mientras sacaba un pañuelo de su bolso.

El chico observó que en el pañuelo había un nombre escrito y mientras se secaba la cara y las manos se presentó amablemente.

—¡Gracias, Paloma! Yo soy Fernando, pero me puedes llamar Nando.

—Encantada, Nando.

—¡Menuda lluvia! Tú también tomas este tren a menudo ¿verdad?...

—Sí, todos los días entre semana.

—Pues como yo... ¿También estudias en la universidad?

—No, salgo de clase de teatro y voy a la cafetería donde trabajo.

—¡Ah, qué interesante! Así que una actriz...

Mientras hablaban pasó por su lado un señor mayor que iba de un vagón a otro. Nando bajó el tono de voz y dijo:

—Has visto qué hombre tan raro...

—Sí, es muy gracioso, siempre con una cámara de fotos, comentó Paloma.

—Sí, y siempre haciendo fotos... Seguro que en alguna hemos salido.

—¡Seguro!

—Me tengo que bajar ya. ¡Que pases un buen día!

—¡Hasta la próxima, Paloma!

—¡Hasta luego, Nando!

---

6 **un pañuelo** ein Taschentuch – 8 **secarse** sich abtrocknen – 13 **menudo, -a** was für ein/eine ...

Sus miradas se cruzaron con alegría y amor. Los dos se encontraban cada día y hablaban y reían sin parar. Después de unas semanas, mientras Paloma leía distraída una revista, llegó Nando con un ramo de rosas rojas. Paloma lo abrazó por primera vez y se besaron. Algunos pasajeros aplaudían y otros comentaban qué bonito era el amor. A partir de entonces Nando y Paloma se empezaron a ver también fuera del tren, en el centro o en la cafetería.

2 Nando

Se había hecho tarde. Con Paloma el tiempo pasaba muy rápido. La cafetería iba a cerrar y Nando se despidió de su bella camarera.

—¡Te quiero, Paloma! — le susurró al oído.

—Yo también, Nando.

—Escucha, Paloma, le dijo Nando mirándola a los ojos y tomando sus manos entre las suyas. Ya sé que es muy pronto para decirte esto…

—¿Qué me quieres decir?— lo interrumpió Paloma coqueta.

—Sé que eres la mujer de vida. Lo supe desde que hablamos por primera vez en el tren. Nadie ni nada nos podrá separar.

—Ahora vete y descansa, mi amor, es tarde— dijo Paloma más enamorada que nunca.

La noche era fría, las farolas iluminaban las calles del centro de la ciudad y todavía había bares llenos. Tan sólo hacía dos años de la muerte de Franco, pero a Nando le parecía que Madrid había cambiado mucho. Había más libertad, tanto para lo bueno como para lo malo.

Llevaba unos días resfriado y sólo quería llegar pronto a casa, por eso decidió tomar el camino más corto, a través del parque. Pero su paso rápido se paró al escuchar una explosión. Sonó como la escopeta de caza de su abuelo y entonces vio algo que habría deseado no ver. Giró la cabeza para evitar ver más. Quiso darse la vuelta, quiso correr sin ver y sin ser visto, pero era demasiado tarde y él y ellos lo supieron enseguida.

—¡Qué ha sido eso!

—¡Qué pasa por allí!— gritaron dos parejas que paseaban a unos metros de distancia del parque. —¡Vamos a avisar a la Guardia Civil!

---

5 **susurrar** flüstern – 16 **una farola** eine Straßenlaterne – 21 **resfriado, -a** erkältet – 24 **una escopeta de caza** ein Jagdgewehr

Nando tuvo miedo. Lo peor no fue ver el cuerpo de ese hombre en el suelo, lo peor sin duda fue haber visto quién lo había matado. Sólo reconoció a uno del grupo: Antonio De la Villa, profesor de la Universidad de Derecho. Ambos se miraron con una mezcla de odio y sorpresa.

—¡Qué mala suerte has tenido, Nando! Has visto demasiado— dijo el joven profesor.

—¡Maldita sea, De la Villa! ¿Qué pasa? ¿Por qué has hecho esto?

—Escóndete bien, muy bien, o morirás. ¡Y ahora corre antes de que te mate a ti también!

De la Villa tiró la pistola al suelo y corrió solo, como los demás, cada uno en una dirección. Nando no pudo contestar nada, no pudo pronunciar una sola palabra más, solo pudo huir, huir como si él también hubiera matado a alguien.

Cuando paró de correr, ya estaba cerca de la Plaza Mayor. Se escondió en un patio. Se sentó en el suelo y pensó en lo que había pasado. Tiritaba de frío y tenía miedo. En la oscuridad de la noche miró a su alrededor y no pudo ver a nadie. El silencio y la soledad no le gustaron. Debía tener tanta fiebre que se quedó dormido en el suelo. Esa noche ya no volvió a casa.

Unos minutos más tarde alguien le tocó el hombro y lo despertó. Nando, medio dormido y desorientado en la oscuridad, se sobresaltó. La persona que lo acababa de despertar era Antonio de la Villa. Los dos se volvieron a mirar a los ojos y Nando quiso gritar para pedir ayuda. Pero de la Villa fue más rápido y enseguida le tapó la boca con un pañuelo.

—¡No grites! ¡No hagas ninguna tontería! Estoy aquí para ayudarte.

---

15 **huir** fliehen - 19 **tiritar** frösteln - 21 **la soledad** die Einsamkeit - 24 **un hombro** eine Schulter - 26 **sobresaltarse** sich erschrecken - 29 **tapar la boca** den Mund zuhalten

2°
1°
Principal

De la Villa le destapó lentamente la boca y Nando pudo hablar:

—¡Maldita sea! ¿Ayudarme? ¿Ayudarme a qué? ¿A morir?

—Esta situación no nos gusta a nadie, pero créeme, mis compañeros te han visto y saben quién eres. Te quieren matar, Nando.

—Pero… ¿quiénes son?

—No te puedo dar más información. Cuanto menos sepas mejor. Uno te conoce de la facultad y no te van a dejar con vida. Lo sé.

—¿Y tú por qué me ayudas?— preguntó Nando desconfiado.

—No quiero que muera nadie más y, además, me caes bien. Eres un tipo inteligente.

—Gracias— dijo Nando irónico y tras una corta pausa añadió —No te creo, no confío en ti.

—Nando, yo también tengo que huir, si lo hacemos juntos será más fácil— explicó De la Villa.

—Hay algo que no entiendo… ¿Por qué te tienes que esconder tú?

—No lo maté.

—¿Cómo? Pero si yo lo vi en el suelo, con sangre…

—No, no lo maté. Lo escuché pedir ayuda mientras huíamos. Fue un accidente. Se trata de un tipo peligroso. Teníamos una cita secreta con él. Mientras hablábamos, me pareció que iba a sacar una pistola. Me sentí en peligro. Lo que hice, lo hice en defensa propia. Le disparé a la pierna. Como mucho tendrá una pequeña herida.

—Pero entonces… ¿por qué huyes?

—Tú no entiendes nada. Ese hombre es un pez gordo. Tiene muchos contactos. Ese maldito hombre va a mentir, nos va a acusar de cosas que no son verdad. Si no escapamos nos

---

13 **caer bien** sympathisch sein – 22 **la sangre** das Blut – 27 **en defensa propia** in Notwehr – 28 **una herida** eine Wunde – 32 **acusar** beschuldigen

va a meter en la cárcel. Y los demás me van a odiar por haber disparado. He arruinado muchas vidas.
—¿Pero qué dices? Yo no he hecho nada, no tengo nada que ver con esta historia.
—Nando, ahora somos todos culpables, incluido tú. Si no te busca la Guardia Civil te buscarán mis compañeros. Simplemente has visto demasiado.
—¡Criminales! ¡No se va por ahí con pistolas!— gritó Nando.
—¡Estás loco! ¡Habla más bajo!
De la Villa le ofreció su mano y lo ayudó a levantarse. Entonces se dio cuenta de algo:
—Nando, estás sudado, tienes fiebre.
—Sí, me encuentro fatal. Necesito un médico.
—¡Imposible! Ahora lo que tenemos que hacer es huir.

De la Villa y Nando caminaron hasta la Gran Vía. Tomaron un taxi y se dirigieron a una pensión a las afueras de la ciudad. Allí descansaron el resto de la noche. Por la mañana, cuando la luz del día ya era fuerte, De la Villa abrió las cortinas y miró el descampado que se veía desde la ventana.
—¡Buenos días, dormilón! le dijo a Nando.
—No sé qué tiene de bueno este día… contestó Nando enfadado.
—¡Qué situación más rara! ¡Nunca imaginé que compartiríamos habitación!— dijo De la Villa.
—¡Muy gracioso, profesor!
—Nando, ahora en serio. No estamos seguros en Madrid. Tenemos que irnos.
—¿En tren?
—¡Imposible! Nos encontrarían. La Guardia Civil controla la mayoría de las estaciones.

---

13 **sudar** schwitzen – 17 **las afueras** der Stadtrand – 20 **un descampado** ein offenes Feld – 21 **un dormilón** eine Schlafmütze

—¿Y entonces? ¿Cómo quieres que salgamos de Madrid?— preguntó Nando.

—A dedo— contestó De la Villa.

—¿Y adónde vamos?— dijo Nando preocupado.

—Adonde el destino nos lleve. Yo llevo algo de dinero encima, será suficiente para sobrevivir al principio.

A Nando le había bajado la fiebre y lo único que sentía en esos momentos era rabia y tristeza. De la noche a la mañana su vida, que parecía perfecta, se había destruido por completo. Dejaba atrás muchas cosas: el piso de sus padres, su hermano, sus estudios, sus amigos, su ciudad con sus recuerdos y su gran amor. No sabía cuándo podría volver, lo único que sentía es que debía huir en ese mismo momento. Miró como De la Villa recogía las pocas cosas que llevaba con él. Nunca le había parecido una persona agradable. Con su pelo descuidado y su ropa progre no era el tipo que se habría buscado como amigo. Sin embargo, no veía más opción que huir con él.

---

3 **a dedo** per Anhalter – 5 **el destino** das Schicksal – 8 **la rabia** die Wut – 16 **descuidado, -a** *hier:* strubbelig

3 Vacío en el tren

Fue un miércoles de septiembre cuando Paloma dejó de ver a Nando. Como si de un presentimiento se tratara, había dormido mal y estaba cansada. Sentada junto a la ventana, observaba el paisaje y la vida fuera del tren.

—¡Próxima parada... Coslada-San Fernando!— gritó el revisor.

Paloma se arregló un poco el pelo con las manos. Ya llevaba unas semanas siendo novia de Nando, pero todavía se ponía nerviosa cada vez que lo veía.

Poco después de pasar la parada, se acercó el revisor y le preguntó:

—¿Qué te pasa, Paloma? ¿Dónde está tu príncipe azul?

—No lo sé, don José. Ayer estaba bastante resfriado y a lo mejor se ha quedado en casa.

Llegó el viernes y Nando seguía sin subir al tren. No había llamado, tampoco había dejado ningún mensaje para ella en casa de su tía ni en la cafetería. Una semana más tarde ya no pudo soportar no saber nada de él. Paloma estaba preocupada por la salud de su novio. Sabía dónde vivía, y aunque todavía no había sido invitada, decidió visitar a Nando por sorpresa.

Encontró fácilmente el piso y llamó al timbre. Una elegante señora de mediana edad abrió la puerta.

—¿Qué quieres? ¿Quién eres tú?— preguntó nerviosa y con signos de tristeza y cansancio en la cara.

—Soy Paloma, vengo a ver a Nando. Le traigo un té bueno para el resfriado.

---

3 **un presentimiento** eine Vorahnung - 8 **arreglarse** zurechtmachen - 13 **un príncipe azul** ein Märchenprinz - 19 **soportar** ertragen - 23 **un timbre** eine Türklingel - 24 **de mediana edad** mittleren Alters - 26 **un signo** ein Zeichen - 28 **un resfriado** eine Erkältung

—¡Ah! Así que tú eres Paloma...— dijo la mujer en un tono no muy agradable. —Pasa y siéntate— continuó diciendo la que probablemente era la madre de Nando.

Lo primero que le llamó la atención a Paloma fue lo limpia y ordenada que estaba la casa. Parecía encontrarse en un museo. No se escuchaba ningún ruido. Lo único que expresaba algo de vida en aquel lugar eran unas llamativas flores al fondo de la sala de estar. Paloma se sentó con un poco de vergüenza en el sitio que le había ofrecido la señora. Y en ese mismo momento pensó que a lo mejor no había sido buena idea presentarse allí. Al fin y al cabo nadie la había invitado.

—Voy a ir directa al asunto— explicó la señora muy seria.

—¿Qué pasa?— preguntó Paloma preocupada.

—Ayer nos llamó Nando. No sé en qué problema se ha metido. No quiso hablar mucho. No nos dijo dónde estaba. Solo sabemos que va a estar un tiempo sin poder vernos y sin poder volver a Madrid.

—¿Cómo?— Preguntó Paloma asustada. — ¿Cuánto tiempo? y ¿por qué? ¿Qué ha hecho?

—Mi hijo no ha hecho nada— explicó la madre furiosa. —Eso lo repitió él mismo varias veces y yo lo creo.

Paloma se quedó unos segundos en silencio hasta que consiguió decir:

—Entonces... debemos avisar a la Guardia Civil.

—¡Ni hablar! Nando nos ha pedido que no hablemos con nadie sobre esto. Podríamos poner su vida en peligro.

—¿Ni conmigo?— preguntó Paloma decepcionada.

—No te creas tan importante— le contestó la madre con desprecio. —Eres una más para Nando. Pero sí, me dijo que te

---

9 **con vergüenza** beschämt – 11 **presentarse** auftauchen – 19 **asustado, -a** erschrocken – 26 **¡Ni hablar!** Auf gar keinen Fall! – 28 **decepcionado, -a** enttäuscht – 29 **creerse** sich für etw. halten – 29 **el desprecio** die Verachtung – 30 **Eres una más...** Du bist eine von vielen ...

informara de lo que ha pasado y me dio un número de teléfono. Pensaba llamarte, pero ya no va a ser necesario.
Paloma se levantó ofendida. Cogió su bolso y se dirigió a la salida. La madre le abrió la puerta y le dijo:
—Será mejor que olvides a mi hijo, no estáis hechos el uno para el otro.
—¡Adiós!— le dijo Paloma con odio.
—¡Adiós!— contestó la madre a la vez que cerraba la puerta con un fuerte golpe.

Paloma volvió corriendo a casa de su tía. Sacó las llaves, abrió rápidamente la puerta y se fue a su habitación. Allí se dejó caer sobre la cama y estuvo llorando durante horas. Sentía que había perdido algo muy valioso y casi de forma egoísta, pensaba que nunca encontraría a nadie como Nando. Estaban hechos el uno para el otro y lo que había pasado, no importaba lo que fuera, era una gran injusticia.

---

3 **ofendido, -a** beleidigt – 10 **una llave** ein Schlüssel – 13 **valioso, -a** wertvoll

4 La isla

Mientras Paloma lloraba sin parar, Nando reía por primera vez desde la noche del parque. Por fin habían llegado a Mallorca. Lejos de Madrid, de los atascos y las grandes avenidas, la isla le pareció un paraíso, un lugar privilegiado para vivir.

—¡Mira qué bien se lo pasan esos!— dijo Nando señalando a unos graciosos ingleses que no paraban de reírse.

Parecía que la risa de esos extranjeros era contagiosa y De la Villa también tuvo que sonreír. Estaban tan rojos que parecían cangrejos, además, en sus caras se podía ver como disfrutaban del sol y de la vida en España.

En la isla, al igual que en Madrid, había muchos carteles de diferentes partidos políticos. Incluso el Partido Comunista de España ya era legal.

Te das cuenta— le dijo Nando a De la Villa señalando algunos de los carteles.

—¿De qué me tengo que dar cuenta?

—De lo que está pasando en este país.— dijo Nando.

—Sí, ya falta muy poco para las elecciones, contestó De la Villa sin muchas ganas de hablar sobre el tema.

—¡Las primeras elecciones democráticas desde el 36! También serán las primeras de nuestras vidas y no vamos a poder votar… ¿A quién ibas a votar tú?— preguntó Nando curioso.

—Cambiemos de tema— dijo De la Villa nervioso.

—¿Por qué? ¿Tiene algo que ver con los disparos?

—Créeme, Nando, mejor que no hablemos de ello. Como dice el escritor…, como se llama…, Dürrenmatt «El mundo no ha cambiado por la política, sino por la técnica.»

---

4 **un atasco** ein Verkehrsstau – 9 **contagioso, -a** ansteckend – 11 **un cangrejo** ein Krebs – 26 **un disparo** ein Schuss

—Eso es verdad, pero en estos momentos España está cambiando gracias a la política. Así que tenemos que seguir luchando por la democracia.
—¡Déjame en paz!— contestó De la Villa con dolor en sus ojos.
Los dos se sentaron en silencio en el banco más cercano que encontraron. Allí se sentaron y se quedaron unos minutos en silencio.
—¿Y ahora qué?— dijo Nando. ¿Adónde vamos a ir? ¿De qué vamos a comer? ¿Dónde vamos a pasar la noche?
De la Villa miró a Nando preocupado. De repente se dio cuenta de que ese niño bien no habría trabajado en su vida. Seguramente sus padres le habían dado siempre todo lo que él había querido. De la Villa tomó aire y explicó:
—No me queda casi dinero, así que lo primero que tenemos que hacer es buscar un trabajo. ¿Tú qué sabes hacer?
Nando se quedó en silencio y pensó que muchos de sus amigos trabajaban en verano, pero él nunca había hecho nada. No sabía ni servir una copa, era un inútil.
—Nada, no sé hacer nada, contestó finalmente.

Los dos empezaron a pasear por el centro. De vez en cuando, cuando veían a alguien sin nada que hacer, se acercaban y preguntaban por trabajos. Pero el primer día no tuvieron suerte. La crisis económica y más tarde la inestabilidad política de España con la muerte de Franco, habían provocado un descenso del número de turistas. El paro había aumentado. Sin embargo, los mallorquines ya empezaban a notar una recuperación del turismo. Por eso la mayoría les dio el consejo de buscar trabajo en ese sector.

---

12 **un niño bien** ein Kind aus gutem Haus –19 **no saber servir una copa** für nichts gut sein – 19 **un inútil** ein Taugenichts – 26 **el paro** die Arbeitslosigkeit

Pasaron dos días y dos noches, y como a la tercera va la vencida, al tercer día de estar en la isla los dos encontraron trabajo en uno de los hoteles nuevos de la playa.

—Buen trabajo para ligar— dijo De la Villa alegre.

—Genial, por la mañana preparando desayunos y por las tardes lavando platos— protestó Nando.

—No te quejes, es solo un comienzo, ya encontraremos algo mejor— dijo De la Villa en un tono optimista.

A veces a Nando le daba la impresión de que a De la Villa no le importaba empezar una nueva vida. Incluso parecía contento de tener esa oportunidad. Él, por el contrario, cada día estaba más deprimido y cada minuto que pasaba echaba más de menos a Paloma.

Para sorpresa de Nando, De la Villa tenía mucho éxito entre las mujeres. Su pelo castaño, casi pelirrojo, sus rizos y la seguridad en sí mismo que tenía lo hacían un hombre atractivo. Mientras servía desayunos hablaba en francés con turistas de Suecia, Francia y Alemania y después del trabajo, iba a clases inglés. Era el mejor camarero de todos, parecía haber nacido para servir desayunos. Cogía las bandejas con una habilidad impresionante y sonreía sin parar a la vez que ponía en la mesa el pan o la mantequilla. Se levantaba siempre de buen humor y era querido por todos, tanto por compañeros como por huéspedes.

Una tarde de octubre, mientras los dos volvían al piso donde vivían, a Nando le pareció ver algo brillante en el suelo. Se acercó para verlo mejor: era un corazón de oro. Lo abrió esperando encontrar una foto dentro, pero el corazón estaba vacío.

---

1 **a la tercera va la vencida** alle guten Dinge sind drei – 4 **ligar** anbändeln – 15 **un rizo** eine Locke – 21 **la habilidad** die Geschicklichkeit – 24 **un huésped** ein Gast

—¿Qué has cogido del suelo?— preguntó De la Villa curioso.

—Un corazón vacío— contestó Nando melancólico.

—Un corazón vacío— repitió De la Villa sonriendo.

—¡Qué triste!, ¿ verdad?— dijo Nando mirando al sol que se escondía detrás del mar.

—Pues… ahora que lo dices, sí, suena como si se tratara de ti. ¿Por qué no intentas comenzar de nuevo? No nos queda otro remedio, Nando, tenemos que seguir viviendo, no podemos mirar atrás.

—Pero yo lo había encontrado— dijo Nando corazón entre sus manos. —Había encontrado el amor de mi vida y ahora sólo siento eso… un corazón vacío.

—Un corazón vacío en un cuerpo vivo, no olvides eso, dijo De la Villa.

8 **no quedar otro remedio** keine andere Wahl bleiben

5 La foto

Los días pasaban y Paloma sentía el vacío que había dejado Nando. Todo le recordaba a él: la música de Serrat, las parejas de enamorados, incluso la comida, un libro o un día de lluvia le recordaban a él. Y por supuesto, el tren de a media tarde.

Fue un día de otoño, cuando por casualidad se sentó enfrente de Paloma el viejecito de las fotos con la cámara en el cuello y la misma barba blanca. Entre sus manos sujetaba su cámara.

Paloma, como la mayoría de las actrices, era una persona tímida. Sin darse cuenta se quedó mirando al fotógrafo. Lo observaba y pensaba si pedirle una foto de Nando.

—¿Qué pasa? ¿Tengo monos en la cara?— preguntó sonriendo el señor con voz tranquila.

—Oh, perdone. No quería molestarle... Es que estaba pensando que usted siempre hace fotos en el tren.

—Sí, me gusta captar el caos de la vida, las personas que entran y salen, las diferentes luces del invierno y verano, de la primavera y del otoño...

—¿Usted se acuerda del chico que siempre se sentaba a mi lado?— lo interrumpió Paloma.

—Pues..., no estoy seguro.

—Moreno, joven, ojos verdes y muy guapo— comentó Paloma para ayudarlo a recordar.

—Sí, sí, ahora que lo dices, tengo una foto muy bonita vuestra. Estáis los dos en el mismo vagón, el chico está mojado y tiene entre sus manos un pañuelo. A Paloma se le puso la piel de gallina. Se acordaba perfectamente de aquel día y estuvo a punto de ponerse a llorar de la emoción.

—¡Quiero esa foto! Necesito tenerla, necesito tener una imagen suya— dijo la joven.

---

7 **por casualidad** zufällig – 18 **captar** einfangen – 29 **la piel de gallina** die Gänsehaut

—¿Qué ha pasado, bonita? ¿Ha fallecido?
Paloma se quedó en silencio. En realidad no sabía que contestar cuando se le preguntaba por Nando.
—Se ha tenido que marchar…
—Pero… ¿por qué?
—No lo sé.
—¡Qué sinvergüenza!
A Paloma le dolía oír estas palabras de la gente, pero en realidad era normal que pensaran así. Incluso ella consideraba a veces que Nando no se había portado bien. La podía haber visitado antes de marcharse, podía haberla llamado, podía haber escrito una carta diciendo dónde estaba y por qué se había tenido que marchar.
—Por favor, señor, tráigame esa foto— le pidió Paloma.
—Veo que te hace mucha ilusión tener esa foto. Mañana te la traeré. Te buscaré por el primer vagón.
—Muchísimas gracias— contestó Paloma como si le hubieran hecho el regalo más grande de su vida.

Fue aproximadamente dos años después, al terminar el ensayo, cuando Paloma sacó un libro de su bolso y de él cayó la foto al suelo.
—Ohh ¿pero quién es este chico tan guapo? preguntó Marina, una compañera de obra, mientras recogía la foto.
—Mi hermano— contestó Paloma seria.
—¡Pues menudo hermano! A ver cuándo nos lo presentas.— dijo Marina sonriendo.
Paloma se quedó pensativa… ¿Hasta cuándo iba a esperar a Nando? Si ella supiera que iba a volver algún día lo esperaría, pero… ¿y si no volvía nunca? ¿Y si había encontrado a otra chica y se había enamorado?

---

1 **fallecer** sterben – 7 **un sinvergüenza** ein Lump – 10 **portarse** sich benehmen – 20 **un ensayo** eine Probe

Paloma había madurado mucho desde que había llegado a Madrid y había conocido a Nando. Acababa de cumplir 21 años y se había convertido en una actriz atractiva, segura de sí misma, con una belleza interior y exterior que pocas otras poseían. Estaba a punto de estrenar su primera obra en un teatro de la Gran Vía y ese solo iba a ser el principio de una gran carrera. Como es de imaginar, a Paloma no le faltaban pretendientes y a todos les parecía raro verla siempre sola. Por eso Marina se atrevió a preguntarle:

—Paloma ¿por qué no sales con ningún chico? Todos sabemos que hay más de uno interesado en ti. ¿Tiene algo que ver con esta foto? ¿Es tu novio?

Marina era una buena chica y Paloma no soportaba más el no poder hablar sobre Nando. Así que le contó todo. Por primera vez le contó toda la verdadera historia a alguien.

—Pero Paloma... ¡qué historia tan triste!— exclamó Marina cuando Paloma terminó de hablar.

—¿Y no has sabido nada más de él desde entonces?

—No— contestó Paloma.

—Pues es hora de pensar en ti y de disfrutar de la vida. No puedes esperarlo más.

Paloma volvió a guardar la foto en el libro y miró a Marina a los ojos.

—Tienes razón, contestó Paloma melancólica.

---

1 **madurar** reif (erwachsen) werden - 5 **estrenar** zum ersten Mal aufführen - 8 **un pretendiente** ein Bewerber - 9 **atreverse** (es) wagen

6 El sueño de Nando

—¡Nandoooo!— gritó De la Villa desde la terraza del restaurante.
—¿Qué pasa?— respondió Nando.
—Pues que esta chica guapa pregunta por ti— dijo De la Villa sonriendo.
—¡Déjame en paz!
—¡Venga, Nando! No seas aguafiestas, llevas pensando en esa Paloma desde hace más de dos años. Ya es hora de que empieces a vivir.
—¿Dos años? ¡Qué horror!— pensó Nando. Habían pasado dos años y él no sabía nada de Paloma. ¿Qué había hecho durante dos años? No había aprendido nada nuevo excepto a servir desayunos y lavar platos. Se acercó a De la Villa y le dijo:
—Ya está bien, ya es hora de volver a Madrid.
De la Villa se levantó de la silla donde estaba descansando al sol y sujetó a Nando por los hombros.
—No puedes volver Nando, lo siento mucho, lo siento con todo mi corazón. Nunca me perdonaré haber destruido tu vida, pero todavía es peligroso. No puedes volver. Acabarías en la cárcel.
Nando rompió a llorar como si de un niño pequeño se tratara. Era la primera vez en su vida que lloraba en público y le dio tanta vergüenza que empezó a correr desorientado. Cuando llegó a la playa, se dejó caer en la orilla del mar y se quedó allí sentado durante horas. Pensó mucho, en su vida, en sus sueños, en su infancia y al final, agotado de tanto pensar, se quedó dormido bajo el sol del mediodía que calentaba su cuerpo.
—¡Nando, despierta! ¡Te he estado buscando por todas partes!

8 **un aguafiestas** ein Spielverderber – 23 **romper a llorar** in Tränen ausbrechen

Era la segunda vez que De la Villa lo despertaba en un momento importante de su vida. Pero esta vez, como si de un milagro se tratara, Nando se despertó tranquilo y positivo.

—Voy a dejar el trabajo del hotel— dijo Nando.

—¿Estás loco? ¿Y qué vas a hacer? ¿De qué quieres vivir?

—De ti— contestó Nando mirando a De la Villa.

—No sé si es una buena idea— protestó este medio sonriendo.

—No, hombre, no será para siempre. Quiero crear mi taller de pintura.

—¿Cómo?— dijo De la Villa sorprendido.

—Sí. Cuando me preguntaste hace dos años si sabía hacer algo, te mentí. Desde pequeño me encanta pintar. Mi sueño era ser pintor, pero lo tuve que dejar por la presión de mis padres. Ellos querían que fuera a la universidad y que me convirtiera en un importante abogado.

—¿De verdad?— interrumpió De la Villa.

—Sí, nunca seré un buen abogado, pero soy un buen pintor. Estoy dispuesto a empezar a vivir de nuevo. He aceptado que tengo que empezar una nueva vida, pero esta vez quiero elegir yo mi futuro.

De la Villa le dio la mano y le dijo:

—¡Trato hecho! Yo he destrozado tu vida y yo te voy a ayudar a cumplir tu sueño.

Nando alquiló un viejo garaje en la calle paralela al piso donde vivían. Lo limpió todo y puso algunas estanterías y mesas de trabajo. También hizo él mismo un par de caballetes. En una céntrica droguería especializada en artes compró las pinturas, pinceles y lienzos que necesitaba. Los primeros días trabajó casi día y noche. Pintaba y arreglaba su taller con ilusión. De la Villa lo miraba un poco escéptico, sin embargo lo ayudaba en todo lo que podía. Por el día a Nando

---

3 **un milagro** ein Wunder – 10 **un taller de pintura** ein Atelier – 17 **un abogado** ein Rechtsanwalt – 24 **¡Trato hecho!** Abgemacht! – 28 **un caballete** eine Staffelei – 30 **una pintura** eine Farbe – 30 **un lienzo** eine Leinwand

le gustaba pintar con la gran puerta abierta, así la luz del sol iluminaba todo el taller. Además, Nando empezó a hablar con algunos vecinos que pasaban por ahí y miraban curiosos el nuevo taller.

Al cabo de tres semanas, Nando ya había terminado algunos cuadros. De la Villa quedó impresionado.
—¡Enhorabuena, Nando! ¡Son preciosos!
—No están mal, pero tengo mucho que mejorar... ¿Crees que los puedo exponer en el hotel?— preguntó Nando.
—Seguro que sí. Ya sabes que el director del hotel es una buena persona. Seguro que no le importa— comentó De la Villa.
—Y tú les sacarás un buen precio, ¿verdad?— dijo Nando mirando orgulloso sus obras de arte.
—¡Por supuesto!— contestó De la Villa.
Los meses y los años pasaron. Nando se había convertido poco a poco en un famoso pintor de la zona que podía vivir perfectamente bien de su trabajo. De la Villa por fin había sentado cabeza y se había casado con una simpática sueca. Se lo veía feliz. Ahora ya había llegado a ser subdirector del hotel y no se imaginaba viviendo en ningún otro lugar del planeta.

Fue el 1 de enero de 1986 cuando De la Villa se acercó al nuevo taller de Nando. Llevaba a su hijo de dos años sobre los hombros. Entraron sin llamar a la puerta.
—¡Feliz Año!
—¡Feliz Año!— contestó Nando mientras le daba un abrazo a su amigo.
—Ahora que hemos entrado en la Unión Europea va a cambiar todo mucho— comentó De la Villa.
—¿Tú crees?

---

9 **exponer** ausstellen – 13 **sacar** *hier*: erzielen – 19 **sentar cabeza** zur Vernunft kommen

TOMA
OLEO

—Yo creo que sí. Vendrán más turistas, yo tendré más trabajo y tú tendrás más público al que vender tus obras de arte— explicó De la Villa optimista.
—Ya veremos— dijo Nando escéptico.
—¿Y esa barba?— preguntó De la Villa.
—¿No te gusta?— contestó Nando.
—Hombre... pues te hace mayor.
—Es que ya no soy tan joven, comentó Nando sonriendo.
—Sí, los años pasan...— dijo De la Villa melancólico y continuó —Nando, ya han pasado nueve años desde que dejamos Madrid. Las cosas han cambiado. Ahora todo es diferente. Creo que ya es hora de que vuelvas. Nadie se acordará ya de ti, y menos aún con esa barba.
Nando miró a De la Villa y le dijo:
Tienes razón, nadie se acordará ya de mí, y por eso es demasiado tarde.
—Pero Nando, no exageres ¿Y tu familia?
—Me gustaría ver a mis padres, a mi hermano, los quiero mucho, pero no puedo verlos. Ahora no. No tengo valor para volver en este momento. Ellos sí que se acordarán de mí y no les quiero explicar todo. No lo entenderían.
—¿Y Paloma?— preguntó curioso De la Villa.
—Paloma tendrá su vida, su marido, sus hijos..., me dolería mucho ver todo eso. Además, me gusta la isla y la soledad. Me gusta vivir aquí, he conseguido ser feliz en mi taller, con mi pintura...
—Me alegro de que te sientas bien. Yo tampoco quiero volver, he encontrado mi sitio. Pero Nando... ¡a ti te hace falta una mujer!— exclamó De la Villa
—¡Tú siempre igual!— protestó Nando.

---

17 **exagerar** übertreiben – 19 **el valor** der Mut

7 El sueño de Paloma

Paloma trabajaba cada día más. Había ahorrado bastante dinero y se había comprado un bonito apartamento en Madrid.

La vida cultural de la capital había cambiado mucho. Todos, tanto actores como público, se habían vuelto más liberales. Al terminar la función, los actores iban normalmente a fiestas, y si no había ninguna, organizaban ellos una. Paloma se lo pasaba bien en las fiestas. Se divertía y se olvidaba de sus problemas. Era una estrella, era guapa y atractiva, y ella lo sabía. Pero después de las fiestas llegaba la vida normal, los duros ensayos y los ratos de aprender los textos. Cuando estaba sola, tenía pensamientos que no la dejaban tranquila. Ella sabía que, a pesar de las obras de teatro, de las fiestas, de la fama y del dinero, no era feliz. Sentía un vacío en su cuerpo, un vacío que no había podido llenar con su trabajo ni con ninguno de los novios que había tenido.

Una tarde, después del ensayo de *La vida es sueño,* llamó Marina a su puerta. La joven llegaba con unas ensaimadas recién hechas.

—¡Hola, Marina! ¡Cuánto tiempo! ¡Qué alegría verte!— dijo Paloma al verla.

—¡Hola, Paloma! Es verdad, ya ha pasado casi un año desde la última vez que nos vimos.

—Sí, pasa, vamos a tomar un cafecito con esas ensaimadas tan ricas— propuso Paloma.

Cuando se sentaron a Paloma le llamó la atención algo. Marina seguía tan guapa y cuidada como siempre, pero tenía un tic en el ojo derecho. Era un tic que se repetía bastante a menudo.

—Marina, ¿qué te pasa en el ojo?— dijo Paloma cuidadosa, sin querer ofender a su amiga.

---

7 **una función** eine Aufführung – 19 **una ensaimada** *ein Blätterteiggebäck* – 20 **recién hecho, -a** frisch gebacken – 28 **cuidado, -a** gepflegt – 30 **a menudo** oft

—No lo sé. Hace unos meses que tengo este tic. Los médicos dicen que es porque estoy muy nerviosa. Últimamente no he tenido suerte con las obras en las que he trabajado. Estoy cansada de trabajar con directores que no me entienden. Y ahora con este tic nadie me contrata, claro…

—Y ¿qué vas a hacer?— preguntó Paloma preocupada.

—Voy a montar mi propia compañía de teatro.

—¿Cómo? ¿Estás segura? ¡Madre mía! ¡Qué valiente eres!— exclamó Paloma.

—Ya he firmado todos los papeles en el Ministerio. Han aprobado mi proyecto. La compañía se llama *Sal marina*.

—¡Enhorabuena! Cuéntame más…

—Vamos a tratar temas sociales. Quiero cambiar un poquito el mundo y creo que desde el teatro podemos llegar a los corazones del público.

—¿Quién más está en tu proyecto?— preguntó Paloma curiosa.

—Roberto, Pepe el Bola, Dolores, Inma y… bueno…, que por eso estoy aquí. Me gustaría que trabajaras con nosotros.

—¿De verdad?

—Sí, me gustaría que fueras la actriz principal. Confío en ti y en tu trabajo.

—Déjame consultarlo con la almohada y mañana te digo algo.

—De acuerdo, dijo Marina. Y bueno… ahora dejemos el trabajo a un lado y cuéntame ¿Qué tal con los hombres?

—Digámoslo así… todavía no he encontrado a mi media naranja— contestó Paloma sonriendo.

—Pero no seguirás pensando en el chico ese de la foto, ¿verdad?

—No, eso ya es del pasado. Como tú una vez me dijiste… ¡Hay que mirar hacia adelante!

—¿Eso te dije?— preguntó Marina sonriendo.

---

7 **una compañía de teatro** ein Theater-Ensemble – 8 **valiente** mutig – 23 **consultar con la almohada** überschlafen – 27 **la media naranja** die bessere Hälfte

—Bueno… algo así… pero cuéntame: ¿Y tú? ¿Todavía tienes esa rara pasión por los hombres con barba?

—Sí, me encantan. Para mí un hombre no es hombre si no lleva barba— dijo Marina mientras reía. —Pero no, todavía no he encontrado al amor de mi vida.

Cuando Marina se marchó, Paloma se sentó en el sofá, apoyó los pies sobre la mesita y encendió la tele. Por un momento volvió a pensar en Nando. Era verdad lo que le había dicho a Marina. En realidad hacía ya mucho tiempo que no pensaba en él, pero en ese momento, al nombrarlo, sintió una gran curiosidad por Nando. ¿Qué habría sido de él? ¿Dónde estaría? y sobre todo… ¿con quién estaría?

Al día siguiente Paloma aceptó el trabajo en *Sal marina*. Por un lado arriesgaba bastante empezando a trabajar en una compañía nueva, por otro lado veía que era su gran oportunidad. Por fin tendría el papel principal que tantas actrices deseaban y, además, trabajaría en un proyecto con un buen fin. Quizás ese nuevo proyecto con temas sociales llenara el vacío interior que no la dejaba tranquila.

---

2 **una pasión** eine Leidenschaft – 14 **arriesgar** riskieren

8 Avión a media tarde

—¿A ti dónde te ha tocado?— preguntó Pepe el Bola.

—¡Fila 10, ventanilla!— contestó Paloma mientras repasaba su texto en francés.

—¡Oh, qué pena! Tenía la esperanza de volar junto a ti— contestó el Bola.

—¡Otra vez será!— le respondió Paloma coqueta.

Pasajeros del vuelo IB5574 con destino a París, diríjanse por favor a la puerta de embarque número tres.

—Vamos, daos prisa o perderemos el vuelo— les gritó Marina.

—París, la ciudad del amor— le comentó Marina a Paloma.

—Oh, sí. Vamos a ver si tienes suerte y encuentras al barbudo de tu vida— dijo esta divertida.

—Creo que ya lo he encontrado— contestó Marina señalando a un señor que también esperaba en la sala.

Paloma se giró disimuladamente y solo vio un periódico abierto con una persona detrás.

—¡Pues... a por él!— le dijo.

Al cabo de unos minutos subieron al avión. Marina estaba preciosa, el tic del ojo había desaparecido. Sus rizos castaños descuidados la hacían juvenil y divertida. Se la veía feliz.

—¿Qué? ¿Qué ha pasado con el barbudo? ¿Has hablado con él?— preguntó Paloma cuando Marina se sentó a su lado.

—Sí. Me encanta. Es un tipo interesante. Es pintor y va a exponer unos cuadros en una galería de arte de París— explicó Marina.

—¿Y es guapo?

—No, no es guapo, es guapísimo.

—¿Y dónde está?— preguntó Paloma curiosa.

—Allí, al fondo, pero no te gires, no quiero que sepa que

3 **repasar** noch einmal durchgehen – 17 **disimuladamente** unauffällig – 20 **al cabo de** nach

hablamos de él. Estos artistas enseguida se creen muy importantes...— comentó Marina en voz baja.

—Y... ¿lo vas a volver a ver?

—Pues no lo sé. Lo he invitado a nuestro estreno mañana por la noche. ¡Espero que venga!

—¡Venga! ¡Déjame verlo!— insistió Paloma.

—No, no te gires. Si te giras, sabrá que estamos hablando de él.

Al cabo de unos minutos Paloma no pudo contener su curiosidad y se giró.

—¡Qué mala suerte!— le dijo Paloma a Marina.

—¿Qué pasa?

—¡Pues que sigue con ese maldito periódico pegado a la nariz!— comentó Paloma.

—¡Pero bueno! Te había dicho que no te giraras!— protestó Marina.

—Es que quiero verlo. Con la publicidad que has hecho de él...

—Pero no te hagas ilusiones. Yo lo he visto antes... y además...

—¡Sí... además, es barbudo! Así que para ti— dijo Paloma riendo.

Nando llegó cansado al hotel y solo quiso tomar un té antes de dormir. Tomó el periódico y se relajó del viaje en la sala de estar. Entonces, empezó a ojear el folleto de la obra de teatro que le había dado Marina.

Nando se quedó blanco. Su corazón paró de latir durante unos segundos. A continuación empezó a latir muy rápido. Se puso nervioso. ¿Era esa Paloma? El pelo moreno, la graciosa nariz, la sonrisa tan natural, esos ojos... esa mirada... Nando leyó concentrado hasta que encontró lo que él buscaba: Actriz principal, Paloma Puentes Rea.

---

7 **girarse** sich umdrehen – 13 **maldito, -a** verdammt – 13 **pegado, -a** geklebt – 25 **ojear** durchsehen – 27 **latir** schlagen

Tan lejos y tan cerca… así sentía Nando a Paloma. La sentía cerca porque recordaba muy bien algunos momentos juntos. Y la sentía lejos porque habían pasado diez años desde que se vieron por última vez.

Los buenos contactos de Marina en París habían conseguido publicitar bien la obra. El teatro estaba lleno.
Desde arriba, en una discreta segunda fila, Nando miraba fijamente a Paloma. Fue la segunda vez que lloró en público.
La función fue un éxito.
—¡Enhorabuena, Paloma! ¡Has estado estupenda!— la felicitó Pepe el Bola.
—Gracias, amigo— dijo Paloma dándole un abrazo.
—Y ahora a celebrarlo… he reservado mesa para dos en el restaurante de la esquina.
—Suena bien— dijo Paloma. —¡Venga, vamos antes de que vengan todos a felicitarnos!
—Corre… por esa puerta— señaló Pepe el Bola tirando a Paloma de la mano.

Nando consiguió entrar a los camerinos. Buscó por todos lados a Paloma. Marina lo encontró en medio del pasillo atento a todas las personas que iban de un lado a otro.
—¡Estoy aquí!— le dijo Marina.
—Hola… me gustaría felicitar a Paloma.
—¡Ah!— dijo Marina decepcionada, pero es que Paloma se ha ido ya.
—Marina, necesito verla. Es una historia larga de explicar. Dale esto, por favor.

Marina cogió el corazón de oro que le ofreció Nando y cuando este se alejó, lo abrió. Dentro había una nota. La abrió y la leyó.

---

7 **una fila** eine Reihe – 18 **tirar** *hier:* ziehen – 20 **un camerino** eine Künstlergarderobe

Te encontré, mi amor.

Mañana a media tarde en el Café des amis.

Nando

Marina sintió rabia, envidia. ¿Por qué? ¿Por qué Paloma y no ella? No lo pensó dos veces. Cogió el corazón, y en la oscuridad de la noche, lo tiró con todas sus fuerzas por la ventana.

Nando volvió al hotel. Mientras se lavaba los dientes, mientras ordenaba sus cosas, mientras se ponía el pijama y se preparaba para dormir, pensaba en Paloma, en lo que se dirían al día siguiente. Él le explicaría todo. Le contaría como tuvo que huir. Le hablaría de De la Villa, de como al final supo toda la verdad, del atentado al Presidente que consiguieron evitar… Le mostraría sus obras de arte y le hablaría de lo feliz que era siendo pintor… Había tantas cosas de las que tenían que hablar que Nando no podía ordenarlas todas en su cabeza. Al final, de tanto pensar, se quedó dormido.

A la mañana siguiente Paloma apareció cansada en el salón de desayunos.

—¡Buenos días!— le dijo Marina. ¡Qué mala cara tienes!

—Es que he dormido mal. Estoy nerviosa y no sé por qué.

—¿Y qué pasa con el Bola?

—Solo somos amigos, buenos amigos— contestó Paloma.

—A mí me parece que tú tienes muy buenos amigos— dijo Marina de mal humor e irónica.

—No te entiendo. Me termino el café y luego hablamos…

—No, mejor hablamos esta tarde… en el *Café des amis.*

—¿A qué hora?

—A media tarde.

—Pero ¿a qué hora? …— repitió Paloma.

---

4 **la envidia** der Neid – 20 **tener mala cara** schlecht aussehen

—A media tarde— volvió a decir Marina seria.
A Paloma no le quedó muy claro a qué hora debía aparecer en el café, por eso decidió ir pronto. Encontró una mesa en la calle, se sentó y esperó. De repente sintió su cuerpo distinto. El frescor de la tarde le puso la piel de gallina. Sintió pesada la suave seda de la blusa sobre su piel, el olor de París se hizo intenso, paró de beber, dejó de escuchar y sólo pudo fijarse en él. Aunque sus ojos veían todo, ella sólo podía verlo a él.
—¡Has venido!— dijo Nando con su voz profunda mirándola a los ojos.
Paloma, que estaba todavía ausente, como en otro mundo, parecía casi asustada. Se levantó de la silla y lo abrazó.
—Nando, pero… ¿qué haces aquí?— dijo sorprendida.
Nando la miró extrañado. ¿Qué no lo había esperado a él?— pensó.
—Te he encontrado, Paloma, y no te voy a dejar escapar.
—Me parece muy buena idea. No me sueltes, no me dejes nunca más— le contestó Paloma echándose de nuevo a sus brazos.

7 **fijarse** den Blick auf jdn richten – 11 **ausente** abwesend

1 Paloma

1. ¿Qué hace Paloma un día normal ? Completa las frases.

Por la mañana ______________________________

____

A media tarde ______________________________

____

Por la tarde o noche ______________________________

____

2. Marca si las siguientes frases son correctas (v) o falsas (f). Corrige las frases que sean incorrectas.

	v	f
a) Paloma era de una familia gallega sin dinero.		
b) A Paloma le gustaba ser hija única.		
c) En el pueblo tenía buenas amigas.		
d) Paloma iba a un colegio católico para chicas.		
e) Paloma empezó a estudiar en la Universidad de Santiago de Compostela.		
f) Sus padres la apoyaron en todo momento.		
g) Paloma se fue a Madrid a casa de una tía.		

2 Nando

1. Ordena cronológicamente lo que pasó en este capítulo.

- De la Villa tira la pistola al suelo y empieza a correr.
- Escucha una explosión.
- Nando toma el camino más corto por el parque.
- Ve algo que habría deseado no haber visto.
- Nando huye como si él hubiera matado a alguien.
- De la Villa le propone a Nando que huyan juntos.
- Dos parejas que pasean cerca dicen que van a llamar a la Guardia Civil.
- De la Villa despierta a Nando y le tapa la boca.
- Tomaron un taxi y fueron a una pensión.
- Nando reconoce a De la Villa.
- Nando se esconde en un patio.

2. En este capítulo se dice: «Tan solo hacía dos años de la muerte de Franco.» (pág. 11 / líneas 17 - 18). Contesta a las siguientes preguntas. Puedes consular en Internet.

a) ¿En qué año está situada la acción de este capítulo?

b) ¿Cómo se llama este periodo de la historia de España y cuáles fueron sus acontecimientos más importantes?

3 Vacío en el tren

1. Explica con otras palabras el significado de esta frase:

   «Como si de un presentimiento se tratara, había dormido mal y estaba cansada.» (pág. 17 / líneas 3-4)

2. Explica lo que siente la persona en cada situación:

a) **Paloma** cada vez que llega la parada Coslada-San Fernando.
b) **La madre** cuando abre la puerta.
c) **Paloma** cuando se sienta en casa de Nando.
d) **La madre** cuando se despide de Paloma.
e) **Paloma** cuando sale de casa de Nando.

4 La isla

Contesta las siguientas preguntas.

1. ¿Cómo se siente Nando al llegar a Mallorca?
2. ¿Qué le gusta de la isla?
3. ¿Cómo es la situación política del momento?
4. ¿Por qué De la Villa se preocupa al pensar en un trabajo para Nando?
5. ¿Qué trabajo encuentran?
6. Explica qué quiere decir De la Villa cuando dice: «Un corazón vacío en un cuerpo vivo».

5 La foto

1. Marca qué cosas le hacen pensar a Paloma en Nando.

un corazón de oro • la música de Serrat • un cedé • la comida el periódico • un libro • un día de lluvia • un día de primavera la casa de la tía • el avión • el tren a media tarde • un chico una pareja de enamorados • el circo • una manzana

2. Contesta las siguientes preguntas:

a) ¿Por qué piensa el fotógrafo que Nando es un sinvergüenza?
b) ¿Qué le recomienda Marina a Paloma después de escuchar la historia?
c) Ahora piensa que tú eres el mejor amigo de Paloma. ¿Qué le recomendarías tú?

6 El sueño de Nando

1. Escribe lo que han hecho estas personas durante los dos años después de la noche del parque:

Paloma • Nando • De la Villa

2. Contesta las siguientes preguntas.

a) ¿Cuál es el sueño de Nando y cómo lo quiere conseguir?
b) ¿Cómo se siente De la Villa con su nueva vida? ¿Quiere volver a Madrid?
c) ¿Le gustaría a Nando volver a Madrid nueve años después? ¿Por qué?

7 El sueño de Paloma

1. Marca si las siguientes frases son correctas (v) o falsas (f).

	v	f
a) Paloma es feliz porque ya es una estrella.		
b) Marina quiere formar una compañía de teatro.		
c) A Marina nadie la contrata porque tiene un tic en el ojo.		
d) *Sal marina* solo va a representar obras con temas divertidos y modernos.		
e) A Marina le encantan los hombres con barba.		
f) Paloma decide que es muy arriesgado trabajar en una compañía nueva y rechaza la oferta.		

2. En la lectura se hacen referencia a estos hechos históricos. Explícalos. Puedes buscar información en Internet.

- Francisco Franco
- La Transición
- La Movida madrileña
- La entrada en la unión europea

3. Di en qué capítulos se hace referencia a esos temas.

8 Avión a media tarde

1. Marca si las siguientes frases son correctas (v) o falsas (f).

	v	f
a) Pepe se sienta al lado de Paloma en el avión.		
b) A Marina le gusta Nando.		
c) Paloma reconoce a Nando en el avión.		
d) Marina invita a Nando al estreno.		
e) Nando reconoce a Paloma en el folleto.		
f) Paloma y Nando llevaban diez años sin verse.		
g) Marina le da el corazón de oro a Paloma.		
h) Paloma y Pepe el Bola son novios.		
i) Paloma no va al *Café des amis*.		
j) Paloma y Nando se encuentran en París.		

2. Contesta las siguientes preguntas.

a) Nando llora por segunda vez en público, pero…
¿cuándo fue la primera vez que Nando lloró en público?

b) ¿Qué hace Marina con el corazón de oro?
¿Qué habrías hecho tú?

c) ¿Por qué Nando se extraña de la reacción de Paloma cuando se encuentran?

Después de leer:

1. Elige unos de los siguientes personajes. Escribe todo lo que sepas sobre él.

Paloma • Nando • De la Villa • Marina

2. A lo largo de la historia aparecen algunas frases hechas. Explica con otras palabras qué significan.

a) «¡Déjame en paz!» (pág. 21 / línea 4)

____

b) «…a la tercera va la vencida.» (pág. 22 / línea 1)

____

c) «¿Tengo monos en la cara?» (pág. 24 / línea 14)

____

d) «…se le puso la piel de gallina.» (pág. 24 / línea 28)

____

e) «¡Trato hecho!» (pág. 28 / línea 24)

____

f) «…mi media naranja.» (pág. 33 / línea 27)

____

3. Escribe un pequeño texto y cuenta cómo crees que continúa la historia.

Lecturas españolas

Felisa Tomé Ortega

Nueve cartas para Lisa

Die Geschichte beschreibt mit viel Humor und ein wenig Sarkasmus den Alltag eines spanischen Jugendlichen mit seinen Wünschen und Ängsten innerhalb der Familie, in seinem Freundeskreis und in seiner Schule.

Lektüre, 32 Seiten | 978-3-12-538019-6

María Wagner Civera

Noticias de un hacker

Als absoluter Computerfreak stößt Diego bei seinen Mitschülern auf wenig Sympathie: Seine Welt ist (nur) das Internet. Er glaubt, dort einen guten Freund gefunden zu haben, Devil, einen berühmten Hacker. Eines Tages kommt es zu einer Begegnung mit Devil, bei dem nichts so läuft, wie es sich Diego vorgestellt hatte. Ein Treffen mit ungeahnten Folgen …

Lektüre, 32 Seiten | 978-3-12-535920-8